L'Arcipelago Einaudi
32

© 2003 Giulio Einaudi editore s.p.a., Torino

www.einaudi.it

ISBN 88-06-16630-1

Erri De Luca

L'ultimo viaggio di Sindbad

Einaudi

L'ultimo viaggio di Sindbad

Premessa

Nell'estate del 2002 il regista Maurizio Scaparro m'invitò a scrivere un'opera di teatro intorno alla figura del marinaio Sindbad. Il fortunato avventuriero delle Mille e Una Notte era troppo lontano da me di anni e di mari. L'Oceano Indiano ha ispirato Salgari l'egregio, degno di custodire il monopolio narrativo di quei luoghi.

Ho scritto invece un Sindbad di Mediterraneo, un marinaio piú insonne che immortale, coetaneo del mare di Giona, il profeta inghiottito vivo dalla balena, e del mare degli emigranti italiani del millenovecento, inghiottiti vivi dalle Americhe.

Qui Sindbad è all'ultimo viaggio. Trasporta migratori e migratrici verso il nostro occidente chiuso a filo spinato. In un'altra scrittura ho azzardato versi imperfetti sotto il titolo di *Opera sull'acqua*. Quest'opera con Sindbad è ancora affidata alla misericordia delle onde, che sono piú ospitali della nostra terraferma.

ERRI DE LUCA

Primo tempo

Notte, una piccola nave, una stiva in cui entrano uno alla volta dei passeggeri di fortuna, futuri clandestini d'Europa. Terminato l'imbarco una voce brusca detta i primi ordini.

CAPITANO   Malvenuti a bordo. Per la durata della traversata resterete nella stiva. Sarà permessa l'uscita di un uomo alla volta e per un'ora al giorno. Nessuna donna esce. Ci sono satelliti che controllano pure quanti pidocchi abbiamo in testa. Chiaro?

Nessuno risponde.

CAPITANO   Bene, ora mi presento, mi chiamo Sindbad, marinaio da che mondo è mondo. Sono il capitano, quello che vi farà sbarcare in bocca all'occidente, alla civiltà. Vedrete che civiltà, che accoglienza. Voi volete andare là e io vi porto, ma su questa barca le leggi le faccio io e chi sgarra finisce buttato a mare. Il mangiare passa una volta al giorno. Se c'è mare mosso non si mangia, cosí non si vomita e non si spreca il cibo. Per lavarsi c'è acqua di mare a volontà, là c'è il secchio, lo calate da quell'apertura sulla fiancata. Da bere un litro al giorno per ognuno. Non c'è il gabinetto, buttate fuori quello che vi esce.

Dopo il discorso, il trambusto di chi occupa il proprio spazio che conserverà per la durata della traversata. Sembrano di molte nazionalità.

MARINAIO   Capitano Sindbad, c'è una donna incinta, piena fino alle orecchie. Facile che sgrava a bordo.

CAPITANO   Non sono stato io a riempirla. Sgravasse pure, ma dalla stiva non esce.

UN PASSEGGERO   Siamo poveri e prigionieri come al nostro paese. E abbiamo anche pagato per questo.

ALTRO PASSEGGERO   Io ho pagato per la libertà. Non importa come viaggio, mi possono infilare pure in una cassa da morto, basta che mi fanno sbarcare vivo. Dev'esserci da qualche parte la libertà e se sta dall'altra riva del mare io la trovo.

ALTRO PASSEGGERO   Abbiamo patito cosí tanto che qua dentro sarà una villeggiatura.

MARINAIO   Zitti, oh!

Le donne si muovono meglio degli uomini che sono spaesati e non sanno dove mettersi. Mentre loro in fretta e semplicemente si spartiscono i posti e li organizzano. Spunta uno spago, stendono un filo, appoggiano sopra una tela per separare. Uno straccio serve a ripulire, la donna incinta viene aiutata dalle altre a sistemarsi dove c'è un po' d'aria.

Scena 2

CAPITANO (*terminando le istruzioni dopo la prima sistemazione*)   Non voglio buttare nessuno in mare, vi voglio scaricare tutti in terraferma, ma non vi voglio sentire. Niente liti tra di voi, voi siete delle casse, cosí è scritto sul libro di bordo e non è la prima volta che butto una parte del carico a mare. Chi si fa trovare sul ponte senza permesso finisce in acqua.

Dopo un po' di silenzio un passeggero chiede:

PASSEGGERO   Capitano Sindbad!

CAPITANO   Che vuoi?

PASSEGGERO   Dov'è l'oriente? Chiuso qua sotto non so da che parte voltare la preghiera.

CAPITANO   La prua volta a occidente, l'oriente è a poppa dove senti il rumore delle eliche.

PASSEGGERO   Grazie capitano Sindbad.

CAPITANO   Niente grazie, il viaggio sarà lungo e molti di voi malediranno di essersi imbarcati. Ringraziate il Dio vostro che vi ha consigliato di mettervi in questo buco in mezzo al mare.
Finché non saremo al largo dovete restare zitti. Quando avremo il mare sotto i piedi allora potete parlare, cantare, raccontarvi le vostre storie.

Breve cesura che fa intendere che sono già per mare, sale il brusio dei racconti, delle preghiere, di uno che a labbra mute accenna un canto mentre ripara qualcosa.

Scena 3

Notte, in cabina di comando vicino alla barra del timone. Il capitano ascolta dal nostromo il conto degli imbarcati. Alla fine il nostromo conclude:

NOSTROMO   Gente di popoli nemici che a terra si è scannata e si scannerebbe subito, qui dorme fianco a fianco e si aiuta pure. Com'è strana l'umanità.
CAPITANO   Oltre alle guide all'imbarco non c'era nessun altro? Qualcuno che all'ultimo momento non è voluto salire o che è venuto solo per accompagnare?
NOSTROMO   Nessuno.
CAPITANO   Non ci sono testimoni?
NOSTROMO   No.
CAPITANO   Meglio. Quando l'emigrazione era legale scendevano a migliaia nelle stive della terza classe e risalivano all'aperto dall'altra parte dell'oceano. Allora il molo del porto di Napoli era nero di madri. Facevo il fuochista nella sala macchine dei transatlantici. Gli emigranti viaggiavano meglio di me, tenevano speranze. Io tenevo solo la voglia di mangiarmi la paga con le puttane di New York, certe femmine russe che mandavano in cielo gli uomini che salivano sopra di loro. Non me ne ricordo neanche una, solo il naso ha conservato l'odore del loro sapone di Marsiglia mischiato al mio sudore nero di carbone.

Di quegli anni d'inizio del millenovecento tengo a mente il molo Beverello di Napoli fitto di gente che salutava, salutava, salutava a vuoto che già quelli di terza classe stavano nei cameroni sottocoperta. La nave si staccava dalla città trainata dai rimorchiatori. Partiva la sera, i motori al minimo, si potevano sentire le voci che ancora chiamavano da lontano i bei nomi meridionali. Quando eravamo già all'altezza del faro, staccati da terra ma non ancora in navigazione sentii lo strillo. Stavo affacciato a poppa vicino alla bitta della fune di ormeggio a guardare le luci dei fanali a gas, s'era fatto silenzio come una tenda calata e all'improvviso il grido, una coltellata che straccia un lenzuolo. Una donna che non potevo vedere gridò dal molo il nome, Salvatore, come una che si strappa il petto e fa uscire la voce dall'intestino e non dalla gola. Gridò da madre, da sirena, da cagna. Un nome strappato via dal cuore e gettato al largo a sillabe disperate: Sal va to re e e e.
Ho imparato da giovane la musica perciò lo so ripetere. Chi sa perché il dolore si fissa meglio in un solfeggio, in una cantilena? (*Ripete piú forte stavolta con la stessa violenza quel nome*) SAL VA TO RE E E E. (*Qualcuno nella stiva si tappa le orecchie*).
Mentre lo ripeto mi torna la pelle d'oca. Quella donna sconosciuta ha cucito nelle mie orecchie il nome di un estraneo e mi ha lasciato una cicatrice musicale nella testa. Un nome solo e basta, finito nel timpano di un marinaio indifferente che non faceva il postino e non poteva portare l'ambasciata a quel Salvatore, per dirgli che lo chiamava sua madre con l'ultima voce buona per raggiungerlo, con l'ultima sua forza carnale. Proprio a me doveva far sanguinare le

orecchie, mannaggia a lei. Ogni viaggio mi torna a mente e mi fa male tale e quale, non si è smorzato neppure un decimo di grado di quella bruciatura.

Allora le vite si spezzavano sopra un molo, si scambiavano addii veraci, sicuri di non rivedersi piú. Si poteva sentire il rumore degli addii, un brusio di raccomandazioni e una slogatura di ossa. (*Pausa*).

NOSTROMO   Con l'emigrazione clandestina si salutano prima, s'imbarcano già salutati.

CAPITANO   Grazie nostromo, tieni sempre la parola giusta per smorzare i soprassalti di sentimento.

Scena 4

NOSTROMO   Il vento rinforza, si avvicina una tempesta.

CAPITANO   Avverti i passeggeri, fai legare bene i bagagli e falli restare sdraiati.

Nella stiva c'è trambusto, rotolano cose e persone, si cerca di restare ancorati al proprio posto. La tempesta è violenta e dura da molto. Uno degli uomini propone di tirare a sorte tra loro per sapere chi porta sfortuna e fa irritare il mare.

UOMO 1   Qualcuno di noi ha seminato vento e fa raccogliere tempesta a tutti.

Nessuno si sottrae all'esperimento. Lo fanno con un mazzo di pagliuzze, la piú lunga indicherà il colpevole. Le donne non partecipano. La pagliuzza lunga è pescata da un giovane. Gli occhi degli altri sono su di lui.

GIOVANE   Mi sono imbarcato per non andare in guerra. Scappo dall'esercito che manda a combattere contro dei villaggi.

UOMO 2   Sei un disertore. (*Gli sputa davanti ai piedi*).

UOMO 3   Qualcuno di noi avrà di sicuro una colpa piú grossa di questa, se questa è una colpa.

UOMO 2   Parla per te.

UOMO 4   La sorte ha indicato lui.

UOMO 3   È una sorte di paglia.

UOMO 4   Non bestemmiare. Abbiamo chiesto e abbiamo avuto risposta.

UOMO 2   E tu disertore non dici niente?

GIOVANE   Fate di me quello che volete.

UOMO 2   Decidiamo qualcosa, cosí rischiamo di morire tutti. Io dico che deve uscire.

UOMO 3   Che dici? Lo vuoi fare morire?

UOMO 4   È vero, il capitano ha parlato chiaro.

UOMO 3   Finché io sto su questa nave il giovane resta qui, se no buttate a mare pure me.

Un vecchio finora rimasto in disparte interviene, vedendo che qualcuno sta guardando dalla sua parte.

VECCHIO   In casi di vita e di morte non si decide a maggioranza. Se uno solo è contrario il giovane deve restare con noi nella stiva.

Finita la discussione in mezzo agli scossoni delle onde il piú mite chiede al giovane:

UOMO 3   Sei contrario alle armi, sei una colomba?

Scena 5

In alto nella cabina il capitano e il nostromo.

CAPITANO   Una volta ho conosciuto un venditore di colombe, in una tempesta di moltissimi anni fa. Si era imbarcato a Giaffa, voleva andare a occidente. Allora ero un giovane mozzo e quando ci colsero le ondate mi misero sul ponte a buttare fuori bordo con un secchio l'acqua delle ondate piú grosse. Restituivo mare al mare, cosí pensavo a ogni secchiata per darmi coraggio: ecco ripiglialo, è tuo. Ero inesperto e davo il tu al mondo, al cielo, al vento e al mare. Poi la tempesta si fece piú dura e mi tolsero dal ponte per non farmi spazzare via da qualche ondata. Il capitano ordinò di buttare una parte del carico, pietre squadrate di Gerusalemme per un mercante che voleva costruirsi una casa con materiale della terra santa. Ma non era quello il torto che faceva infuriare il mare. Allora c'era la credenza che ogni tempesta ha un colpevole a bordo. Il capitano riuní l'equipaggio e i pochi passeggeri. Il venditore di colombe dormiva cosí sodo da doverlo svegliare a calci. Si chiamava Ionà, che in lingua sua vuol dire colomba. Fu tirata la sorte, cadde su di lui. Il capitano l'interrogò davanti a tutti e quello rispose che era ebreo e scappava lontano dal suo Dio di nome

Elohím che gli aveva affidato una missione speciale, ma nella direzione opposta. Ero un ragazzo impressionabile e m'è rimasta la sua bella voce di strillone al mercato: «Buttatemi a mare e si calmerà la tempesta su di voi». Guai a noi disse subito il capitano, non sia mai, e ordinò di tirare fuori i remi per cercare di acciuffare il sottovento di un'isola. I marinai si buttarono ai legni con tutta la forza, ma il mare spingeva al largo. Ero debole per reggere uno di quei remi lunghi. Vedevo gli uomini accanirsi nei colpi. Mettevano tanta energia da scavare il mare con il piatto dei legni. Zappavano schiuma nelle onde. Ma neanche quello serví, – anzi irritò ancora di piú la tempesta e chi ce la mandava. Le ondate diventarono una mandria inferocita, l'albero maestro scricchiolava sotto le loro cornate. Era pericolo di pronta fine per tutti. Il capitano e i marinai ritirarono i remi, uscirono in coperta sollevando Ionà sopra le loro teste e gridarono al cielo: «È questo che vuoi?». Venne un ringhio di vento e un'onda piú alta di loro scippò il venditore di colombe dalle loro braccia, portandoselo a mare. In quello stesso punto la tempesta cessò, tutta quanta e subito. Ci trovammo nella piú ferma bonaccia mentre intorno il vortice allargava il suo cerchio spostando le onde lontano dalla nave. Campassi altri mill'anni non mi levo dagli occhi il terrore dei marinai di fronte alla bonaccia. Da coraggiosi che erano stati fino a un minuto prima, diventarono pallidi e tremavano. Piú della tempesta li agghiacciava la paura dell'onnipotenza, del fiato bollente di un Dio che stava addosso a loro. C'era piú violenza nel miracolo della bonaccia che nel pericolo di prima. La salvezza può essere spaventosa. Restammo nella calma, meglio che ormeggiati nel porto, mentre il ciclone allargava il suo anello fino a sfilarlo dal dito di Dio. Guardammo il mare per cercare Ionà, il disertore di Elohím, ma niente, l'acqua era immobile, chiusa. Un marinaio giurò di avere visto a poppa la coda a spicchio di una balena, ma era fantasia di terrore. Le balene scansano le tempeste. Riuscimmo a recuperare quasi tutto il carico che galleggiava dentro casse di legno. Quante volte te l'ho raccontata questa vecchia avventura, nostromo? Cento volte?

NOSTROMO   La raccontate quando c'è tempesta e fa bene in mezzo a una tribolazione ricordarsi di una peggiore.

Scena 6

Piú tardi sempre nella cabina di comando. Bussa e poi entra un marinaio.

MARINAIO   Capitano Sindbad, un passeggero chiede di uscire.

CAPITANO   Se ha il maldimare se lo può tenere.

MARINAIO   No capitano, chiede di uscire per calmare la tempesta.

CAPITANO   Che stai dicendo?

MARINAIO   Dice che se esce, ferma le onde.

CAPITANO   Sei scemo tu o lui? Abbiamo imbarcato un altro Mosè. Ogni viaggio uno che delira lo troviamo sempre, è una tassa.

NOSTROMO   E va già bene che è uno solo. Poi ci si mette pure la tempesta che non aiuta a ragionare bene.

CAPITANO   A Gerusalemme c'è un ospedale che cura i messia. Ogni anno a una decina di pellegrini succede di suggestionarsi, magari di pigliare un colpo di sole e cominciano a strepitare per le strade predicando di essere gli aspettati sacri. Una decina ogni anno, hanno un reparto specializzato in messia.

NOSTROMO   Qua non ce lo possiamo permettere. I pazzi finiscono a mare. A bordo la pazzia è infettiva, se non la fermi subito, rivolta una nave.

CAPITANO   Marinaio, di' a questo Mosè che se esce dalla stiva o fa calmare la tempesta o finisce alle onde. Cosí gli passa la voglia di fare il vice del padreterno. Fatti sentire da tutti gli altri e vediamo se qualcuno vuole farsela a nuoto.

MARINAIO   Signorsí. (*Esce*).

Il nostromo tira fuori di tasca un fico secco e lo mangia. Poi vedendosi guardato dal capitano:

NOSTROMO   Volete favorire? Vengono da Odessa.

CAPITANO   Ah, Odessa, meraviglia del Mar Nero. Ero lí ai tempi di Mishka Japoncik, il Robin Hood di Odessa, il bandito che proteggeva i poveri. Lo zar non ci poteva fare niente. Poi è venuto Lenin e Mishka è stato ammazzato in un agguato. Per il nuovo ordine non andava bene. Che belle femmine e che fiumi: una città di mare piazzata tra due colossi d'acqua, il Dniestr e il Dniepr, come Baghdad tra Eufrate e Tigri. Odessa! Il mare è mezzo dolce e si trovano i migliori gamberi del Mediterraneo. Senza il Mar Nero e i suoi fiumi giganteschi l'acqua del Mediterraneo se ne scenderebbe. Ho visto la foce del Danubio, del Don: sono montagne d'acqua che si abbracciano. Odessa: vino, fichi, banditi, ...

NOSTROMO   Sapete che a Odessa è stata composta la musica di «O sole mio»?

CAPITANO (*accenna a fischiarla, interrotto dallo sguardo stralunato del nostromo*)   Che c'è?

NOSTROMO   Il pazzo è uscito veramente.

CAPITANO   Marinaio!

MARINAIO   Agli ordini, capitano Sindbad.

CAPITANO   Gli hai detto chiaro che lo buttiamo a mare?

MARINAIO   Signorsí.

NOSTROMO   Dobbiamo uscire, forza marinaio. Accidenti al matto e alla tempesta.

Il disertore sta appoggiato al parapetto a gambe larghe, dà la faccia alla tempesta che l'ha già inzuppato. Le braccia levate urla al vento che non diminuisce, anzi rinforza. Sembrano scampoli di conversazione, un duetto tra il disertore e il vento. Alle sue spalle arrivano il nostromo e il marinaio, l'afferrano ognuno per una gamba e lo rovesciano fuori bordo. La tempesta comincia a indebolirsi. I due rientrano nella cabina.

NOSTROMO   Ogni viaggio ne perdiamo uno, o che esce di testa o che il mare se lo piglia.

CAPITANO   Però un matto buono l'ho conosciuto, che sapeva calmare, non le onde ma noialtri dentro le tempeste. Era Paolo, veniva da Tarso e gli hanno tagliato la testa a Roma. Era sulla mia nave, due settimane di tempesta a largo di Creta, alla deriva, sotto le raffiche dell'euroaquilone, un vento di nord est. Parlava molte lingue, rassicurava ognuno: «Nessuno di voi perderà la vita, la nave soltanto andrà perduta». La sua voce stridula e schietta sovrastava il mare. A leggere le sue lettere raccolte in fondo al Nuovo Testamento, ritrovo il suo grido rubato ai gabbiani, che se lo lanciano pure controvento. Era prigioniero, viaggiava legato, ma di fronte alle sue certezze i detenuti eravamo noi, assediati da onde e da terrori. Lui ne era affrancato. Quando uno ha uno scopo e un destino va nel fuoco e non si brucia, nell'acqua e non si bagna.

NOSTROMO   Poi va a Roma e gli tagliano la testa.

CAPITANO   I santi la devono perdere. Insomma fu come disse, naufragammo a Malta, la nave s'incagliò su una secca, la prua insabbiata, la poppa sbattuta dalle ondate e poi sfondata. Raggiungemmo la riva a forza di braccia e ci salvammo tutti quanti eravamo, quasi trecento.

NOSTROMO   Trecento, capitano?

CAPITANO   All'incirca e tutti in salvo.

NOSTROMO   Una fortuna bella e buona.

CAPITANO   Opera sua che ci aveva dato fiducia e ci convinse pure a mangiare qualcosa in mezzo alla tempesta, c'erano giorni che digiunavamo. E cosí naufragammo pure sazi.

Il nostromo ogni volta che Sindbad pronuncia la parola o il verbo di naufragio, di nascosto fa le corna, uno scongiuro alzando gli occhi al cielo, mentre Sindbad guarda con occhio fisso lontano dritto a sé dove intravede il segno di coda della tempesta.

CAPITANO   A prua biancheggia, sta spuntando un taglio di chiaro. Il padreterno s'è messo a scucire il sacco.

Scena 7

Nella prima luce del nuovo giorno passa un gabbiano a volo radente nella stessa direzione della nave. La
luce lo illumina alle spalle. Dalla stiva lo vedono at-
traverso l'apertura della fiancata. I passeggeri sono oc-
cupati a darsi una mano dopo la notte insonne.

DONNA INCINTA   È la colomba della pace.
UOMO 2   Se quella è una colomba, dopo il diluvio di
    stanotte questa è l'arca di Noè.
UOMO 3   Magari fosse, cosí scenderemmo alla riva di
    un mondo vuoto, che comincia da noi.
ALTRA DONNA   Non è una colomba, è un gabbiano.
DONNA INCINTA   Com'è bianco, pare spinto dalla lu-
    ce dell'alba, muove appena le ali.
UOMO 4   Ho fame, oggi col mare calmo ci daranno
    da mangiare.

Scena 8

Giorno appena fatto, sole basso, rosso, in cabina di comando un marinaio è al timone mentre nostromo e capitano stanno recuperando scomodamente un po' di sonno.

MARINAIO   Motovedetta a ciglio di ponente!
CAPITANO (*svegliandosi di colpo e subito presente*)   Presto alle reti, calate a mare, giriamo in tondo piano, motore al minimo, nessun passeggero in coperta, nessun rumore nella stiva.

Scena 9

Nella stiva si è fatto pesante il silenzio.

UOMO 4   È voluto salire lui, nessuno l'ha costretto, non l'abbiamo scacciato. Ha creduto al tiro della sorte, ha creduto di essere colpevole della tempesta e che Dio ce l'aveva con lui.

UOMO 3   Ha visto le donne in pericolo, è uscito per salvarle. Non era un disertore.

VECCHIO   È uscito perché non ce la faceva a stare qua dentro coi nostri occhi addosso. Gli occhi pesano.

Le donne guardano gli uomini, sono cupe, li stanno giudicando.

UOMO 2   Che avete da guardare?

Voce di marinaio dal boccaporto. Silenzio, motovedetta in avvicinamento, nessun rumore nella stiva.

Scena 10

In cabina di comando, capitano col binocolo.

CAPITANO   La motovedetta se ne va, si allontana, manovra riuscita.

MARINAIO   Capitano Sindbad, la rete è piena di pesci.

CAPITANO   E bravo fratello mare, porti via la pattuglia e ci regali il pranzo. A volte sei un gran bravo mare.

MARINAIO   Sarà piú di un quintale di pesce.

CAPITANO   Facciamo festa. Scendiamo nella stiva e lo cuciniamo là sotto insieme ai passeggeri. Pure loro devono ringraziare il mare. Dai qualche coltello pure a loro e mettili a pulire il pesce.

Secondo tempo

Tutti nella stiva, un calderone fuma, il vapore sale dritto al boccaporto da cui entra luce.

CAPITANO   Il mare ci ha salvato dalla tempesta, dalla guardia costiera e ci ha regalato il pranzo. Paga di tasca sua una mangiata di pesce a tutti quanti. Dobbiamo ringraziare e fare festa. Perciò ci vuole musica e danza. Chi ha uno strumento per suonare si unisca a noialtri. Abbiamo un organetto, forza marinaio.

Un marinaio attacca una musica, un passeggero tira fuori dalla tasca un'armonica a bocca, un altro sfila da un sacco un violino. Le donne battono su una cassa che produce un buon suono di tamburo. (*Cominciano loro, dal ritmo dei colpi parte il primo strumento, il maschile segue*).

PARTE UNA FILASTROCCA   Kol hannekhalím holekhím el haiàm vehaiàm enénnu malé, Tutti i fiumi vanno a mare e il mare non si riempirà. (*Diventa una tarantella, un coro, tutti la cantano*).

Buttano nel calderone i pesci e per ognuna delle varietà si sentono i molti nomi con cui è conosciuto.

CAPITANO   È un regalo del mare, tutti ne devono mangiare se no si offende. È abbondante perché il mare è ricco. Molti sono stati i pericoli e molto è il risarcimento.

Sindbad e il nostromo si sono messi a guardare i preparativi.

CAPITANO   Non scendo mai nella stiva. Mi fa strano vedere donne a bordo. Fanno pensare alla terraferma.

NOSTROMO   Sicuro capitano, ci fanno sentire sbarcati. La mia vecchia si fa trovare pronta quando torno. Entro dalla porta e c'è già una gallina nel forno, il piatto che mi piace. È una strega, sa il giorno e l'ora del mio arrivo. Io non lo so e lei sí, mi annusa da lontano.

CAPITANO   Be' non è difficile, nostromo. Prova a lavarti un po' di piú.

NOSTROMO   A lavarsi con l'acqua di mare si sviluppa di piú il nostro odore.

CAPITANO   Si sviluppa pure per l'aglio che mangi crudo a morsi.

NOSTROMO   Contro i vermi e contro gli spiriti, le navi vecchie hanno piú fantasmi che topi.

CAPITANO   Ti fanno giusto il solletico, li fai scappare con uno sputo. Te la caverai sempre nostromo. Perché si salvano dai malanni e dalle tempeste quelli che hanno una donna che li aspetta. In punto di pericolo le forze si raddoppiano, sono in due a combattere. La morte si stanca contro due alla volta, preferisce i solitari.

NOSTROMO   Voi pure tornate sempre, perciò avete una donna in terraferma.

CAPITANO   L'ho avuta e l'ho perduta. Era la donna della giovinezza, la destinata all'incontro, quella con cui stringere l'alleanza e diventare due. (*Pausa*).

Dopo tanti anni insieme non so piú quali mosse e pensieri sono miei e quali vengono dallo scambio con lei. Siamo stati uniti come due capi del nodo barcaiolo. Quand'è stretto, vallo a sciogliere.

NOSTROMO   E sí, pur'io e la mia vecchia ci teniamo buona compagnia, si fa festa a starsene un po' in due. Ma poi mi piace andare al porto e stare con gli altri marinai all'osteria. In due alla lunga si litiga. E poi lei non mi vuole tra i piedi e mi dice di andare a bere fuori. Quando torno mi rivuole. Come nodo barcaiolo siamo un poco laschi. Ah, quella donna ci sa ancora fare.

CAPITANO (*guardando le donne nella stiva*)   La mia l'ho perduta. L'ho seppellita. Da allora non so dove tornare, ho perduto il viaggio di ritorno. Altri marinai avranno pure una donna in ogni porto. Io ho avuto solo lei. Oggi mi piace salire al cimitero in collina quando piove e inzupparmi insieme a lei seduto sul suo pezzo di terra. Nella pioggia stiamo di nuovo insieme. (*Pausa*).

Sai pure cosa mi piace fare quando sbarco? Salire su un treno, farmi portare, starmene una notte al finestrino. Il treno in piena corsa è leggero, scivola liscio e dondola. Non ci sono le sue braccia intorno al collo e le mie se ne stanno incrociate. Lasciamo fare al treno. Quando corre, abbraccia tutti e due. (*Guardando le donne nella stiva*) Ogni donna mi ricorda lei e nessuna è lei. Tante donne e nessuna lei: mi vengono pensieri scemi guardando le altre. È inutile che fanno finta di essere lei, nessuna ci riesce.

UNA DONNA (*cantando*)   Ogni albero è tutti gli alberi, ma il frutto è solo un frutto. Ogni donna è tutte le donne, ma l'uomo è solo un uomo.

Il ritmo viene ripreso dal resto della musica. Sindbad fa il solo sorriso di tutto il viaggio.

Gli uomini ballano con serietà, partecipano a una cerimonia di ringraziamento. Le donne battono i piedi sul pavimento con una forza di tuono. Un uomo resta in disparte.

CAPITANO   Balla uomo (*ordina all'isolato mentre dirige la danza e balla anche lui*).

L'uomo guarda per capire se la parola è rivolta proprio a lui.

CAPITANO (*piú forte*)   Balla uomo, sei ospite del mare, non gli fare torto.

L'uomo si alza, obbedisce, balla con asprezza, rabbia, a scatti, con lacrime.
Si fa una pausa, il capitano si avvicina all'uomo.

CAPITANO   Da dove vieni?
UOMO   Sono curdo, vengo da un paese che non sta in nessuna carta geografica, solo nei pensieri, il Curdistan. Non ho mai visto il mare e non ho mangiato pesce fino a oggi.
CAPITANO   Non ti fare scrupoli, se finisci in acqua i pesci ti spolpano fino allo scheletro e il polipo fa la tana nel tuo cranio.
UOMO   Meglio lui dell'odio che ci sta adesso.

38

CAPITANO   Meglio l'odio, uomo, meglio qualunque vita. Pure rinchiusa dentro una stiva senza vedere mare è meglio.

L'uomo guarda lontano dritto, verso il mare nascosto oltre le paratie della stiva.

CAPITANO   Che credi che ci sta là fuori? Niente, un deserto di onde che vanno dove le sposta il vento. Un prigioniero conosce la prigione meglio del secondino, il malato sa la malattia meglio del medico e il mare lo conosci meglio tu che stai dentro una stanza sotto il pelo d'acqua, piú di me che navigo da un'immensità di anni. Dimmelo tu, com'è il mare?

UOMO   È un'andatura di cammello. È una valanga di vento, è una mandria di pecore che si buttano da un burrone inseguite dai lupi. È una buccia di patata piena di occhi nostri. È una pentola di pesci, una bocca che sanguina di spine. Ora che è calmo fa il rumore del grano maturo abbattuto dalla falce.

CAPITANO   Lo conosci piú di me. Per me è il posto dove le terre smettono, non ce n'è piú e tutto il mestiere sta nell'arrivare dove cominciano di nuovo.

UOMO   Dove andiamo?

CAPITANO   All'asciutto, uomo, questo hai pagato e questo avrai, se Dio vuole, insh'allàh, im irtzè hashèm. (*Il capitano si separa dall'uomo. Intorno continua la musica, la danza*).

Scena 12

Sera, in cabina di comando, capitano al timone, entra il nostromo.

NOSTROMO   Capitano Sindbad, la donna ha partorito, abbiamo un altro gesubambino.
CAPITANO   Ha fatto male, il bambino piangerà e gli altri sbarcati l'abbandoneranno.
NOSTROMO   Non piange, è morto.
CAPITANO   Fallo mettere in mare.
NOSTROMO   La donna vuole portarlo a terra.
CAPITANO   A terra è infanticidio, in mare è vita restituita, piglialo e mettilo a mare.

Resta solo, dal fondo sale un principio di coro a bocca chiusa. Il nostromo ritorna.

NOSTROMO   La donna chiede di metterlo lei in mare.
CAPITANO   Falla salire, mettile addosso una giacca da uomo.

Mentre si svolge la piccola cerimonia di una madre che accompagna la sua creatura al cimitero delle onde si ascolta un coro di donne.

DONNE   Nasce tra i clandestini,
il suo primo grido è coperto dai motori,
gli staccano il cordone con i denti,
lo affidano alle onde.
I marinai li chiamano Gesú
questi cuccioli nati
sotto Erode e Pilato messi insieme.
Niente di queste vite è una parabola.
Nessun martello di falegname
batterà le ore dell'infanzia,
poi i chiodi nella carne.
Nasce tra i clandestini l'ultimo Gesú,
passa da un'acqua all'altra senza terraferma.
Perché ha già tutto vissuto, e dire ha detto.
Non può togliere o mettere
una spina di piú ai rovi delle tempie.
Sta con quelli che esistono il tempo di nascere.
Va con quelli che durano un'ora.

Scena 13

Cabina di comando, capitano e nostromo, notte.

CAPITANO   A due miglia dalla costa troveremo la barca. Tu e i marinai scendete, io vi raggiungo dopo.

NOSTROMO   Come capitano Sindbad? Non venite anche voi? S'era stabilito di perdere la nave, di mandarla a incagliarsi sulla costa che è tutta spiaggia. La volete salvare? È troppo pericoloso.

CAPITANO   No, la barca si spiaggerà da qualche parte, è troppo scassata per navigare ancora. Non reggerà nemmeno la metà di una tempesta.

NOSTROMO   E allora? Non vi potete mischiare coi passeggeri. Se la gendarmeria li ferma, vi denunceranno.

CAPITANO   Lo so, devo tenermi il rischio. C'è mare lungo e pure se inchiodo la barra del timone, le onde possono girare la prua verso il largo o verso le scogliere.

NOSTROMO   Ho visto, ma non vale la pena di restare a bordo per governare una rotta che con un po' di fortuna arriverà da sola sulla spiaggia.

CAPITANO   Vai nostromo, preparati a scendere. Ci rivediamo al solito posto.

Capitano, nostromo e marinai stanno per separarsi, nella cabina: fuori piove, è notte.

CAPITANO   Piove e non si vede a un passo. È una notte giusta per sbarcare.

NOSTROMO   Tanta sete a terra e tutta st'acqua buona va sprecata a mare. Almeno s'addolcisse, invece è sempre amaro.

CAPITANO   Kol hannekhalím holekhím el haiàm vehaiàm enénnu malé (*cantilenando a filastrocca il verso di Ecclesiaste/Kohèlet*).

NOSTROMO   Tutti i fiumi vanno a mare e il mare non si riempirà. (*La cantilena si trasforma in un coro sommesso di pirati*).

Dalla stiva della nave ascoltano. La musica rischiara il buio e s'alza sopra il rumore della pioggia.

CAPITANO   Piú sprecata dell'acqua dolce a mare, è questa gente che portiamo e che viene respinta. A terra c'è bisogno di loro, però li ributtano a mare.

NOSTROMO   La terraferma è piú pazza del mare. Stiamo sbarcando sul suolo del manicomio Europa. Allora è deciso? Non venite con noi?

CAPITANO   Andate, salutiamoci e calate la scialuppa.

NOSTROMO   Non è che restate perché vi siete intene-
rito per una donna nella stiva? Quella che cantava:
«Una donna è tutte le donne»?

CAPITANO   Sarebbe il giusto motivo per restare. Mi
fai migliore di quello che sono. Sí, sarebbe il giusto
motivo.

NOSTROMO (*impensierito, poi con un mezzo sorriso*)   È
vero. Buona fortuna, capitano Sindbad.

CAPITANO   Migliore a te.

Si abbracciano. Il capitano stringe la mano ai marinai, non si dicono altro. Escono, scompaiono oltre il
bordo scavalcando. Sindbad mette il motore al minimo, blocca il timone, esce in coperta. Piove, resta a in-
zupparsi apposta.

Nella stiva: Sindbad è appena sceso, gli si fa incontro il piú anziano passeggero.

PASSEGGERO   Capitano, abbiamo sentito il coro e poi abbiamo visto l'equipaggio che lasciava la nave. Credevamo di essere rimasti soli, che ci avevate abbandonato.

CAPITANO   Siamo sottocosta, perciò scendono prima. È inutile per loro correre il rischio di essere fermati. Basto io alla nave.

(*Rivolgendosi a tutti*) Uomini e donne, ascoltate. Tra poco finiremo il viaggio. Sbarcheremo su una spiaggia. La nave s'incaglierà, forse si aprirà come un guscio, ma niente paura, si fermerà su un fondale basso. Scenderemo a terra e da quel momento vi lascerò. Questa è la carta geografica della costa, con le strade e i paesi. (*La tiene alta, la fa vedere, poi la consegna all'anziano*).

Troverete brava gente e prigioni, si tratta di fortuna. Se vostra madre vi ha dato un poco di sorte, vi andrà bene, se no, rinchiusi da qualche parte, starete piú comodi che qua dentro e mangerete lo stesso. Preparate i bagagli.

Sul rumore a basso regime della nave si sovrappone il rumore di un altro motore in avvicinamento.

CAPITANO   Non posso darvi un porto, non siete aspettati.

VOCE CON MEGAFONO   Fermate i motori, fatevi identificare.

CAPITANO (*ignorando la nuova presenza*)   Allora in attesa di arrivare alla spiaggia, mettetevi vicino a me che vi racconto una storia.

MEGAFONO   Siete in acque territoriali, fermate i motori e fate salire a bordo.

UN PASSEGGERO   Che dicono, capitano Sindbad?

CAPITANO   Che vengono a salutarci.

UN PASSEGGERO   Chi sono?

CAPITANO   L'Europa.

MEGAFONO   Fermate i motori o apriamo il fuoco.

CAPITANO   C'era una volta alla corte di un tiranno una ragazza che sapeva raccontare le storie. Il re aveva deciso di ammazzarla, ma lei ogni notte lo distraeva con il racconto di una nuova avventura e cosí il re rimandava di un altro giorno la condanna.

Una prima esplosione a prua della nave, un lampo e uno scossone, urla di paura tra i passeggeri.

CAPITANO   Non vi spaventate, questa è l'accoglienza occidentale, il loro modo di dare il benvenuto.

ALTRO PASSEGGERO (*con ansia*)   Questa accoglienza non mi piace, capitano Sindbad. Non è meglio uscire fuori e andare incontro? A sentire storie è bello, ma c'è sempre tempo.

VECCHIO   Diamo ascolto al capitano, è rimasto con noi.

CAPITANO   Ci sono momenti in cui bisogna perdere tempo, farlo passare. I racconti della ragazza Sheherazade le servivano a restare in vita, rimandare. Perdeva tempo e cosí lo guadagnava. Qualche volta la vita dura il tempo che si perde.

MEGAFONO   La prossima volta colpiamo la nave: fermatevi o vi affondiamo.

CAPITANO   Per mille e una notte riuscí a rinviare il proposito del re di ucciderla, perché allora le parole di un racconto facevano il miracolo di salvare la vita...

Un colpo piú forte illumina la scena, poi la spegne.

Indice

Primo tempo

p. 7   Scena 1
9   Scena 2
11   Scena 3
15   Scena 4
17   Scena 5
21   Scena 6
25   Scena 7
27   Scena 8
29   Scena 9
31   Scena 10

Secondo tempo

35   Scena 11
41   Scena 12
43   Scena 13
45   Scena 14
47   Scena 15

Stampato per conto della Casa editrice Einaudi
presso Milanostampa s. p. a., Farigliano (Cuneo)
nel mese di agosto 2003

C.L. 16630

Ristampa

0   1   2   3   4   5   6   7

Anno

2003   2004   2005   2006